オープン・ザ・ドア

近藤久也

思潮社

オープン・ザ・ドア

近藤久也

思潮社

目次

I

装幀＝近藤祈美栄

オープン・ザ・ドア

I

うなすな

岳父とは
話した記憶がない
列車を乗り継ぎ
訪ねた日
近くでとれたという蜂の子のごはん
泉水の鯉の洗い
うまいだろうと言うので
黙々と食べ
つがれるままに
飲み続けた

ごはんのうえの
足長蜂の折れ曲がった足
障子の向こうの泉水に
流れ落ちる裏山の水
妻づてに
戦中潜水艦の料理人で
カレーライスのあとに熱いお茶をだしたら
即座に上官になぐられたと
てきぱきと、きっちりと
事を進めねば気の済まぬ性質《たち》
動くまえに言葉を並べると
うなすな言うなが口癖
大学生の娘は
誠実な人なんですとしたためると
返事も待たず

大阪で
くらしはじめた

丘

足巻いてるきれ
ゲートル言うんや
みな痩せてるやろ、細いわ
折れそや
頬もこけてるやろ
ここ、どこなん？
父さん、どこ写ってるん？
知らん
そんなとこ
行ったことないな

軍隊で馬の世話する役やった言うてたで
馬に蹴られる夢今でも時々みる言うてたで
わし、馬ら弄《いろ》たことないな
兵隊ら小銃も持たんと
砂糖の山たかってからに
蟻みたいやな
ほんまにこの中に父さんおらんの？
伍長やった言うてたで

数日後
写真屋に
不可解な顔されながら
引きのばした
それから
かたくなな

額に入れてみた
誰もいない
朝靄の
しんとした
淡いグレーの丘が
絵のように
みえる

そんなもん、わし
描《か》いたこと
ないで
ふわふわした
言の葉と
やわらかな
口のかたち

壁に
架けられている

父の古い背広の内ポケットからでてきた一枚の古ぼけたピントはずれの写真。裏に第三迫撃砲中隊全員（中隊長板橋中尉）昭和二十年七月とある。百人足らずの兵が小高い丘にぎっしり肩寄せ合って撮っている。いくら目を凝らしてみても、父のいうように軍帽の下の頬がこけているのが、足が折れそうなのが、砂糖の山がみえない。

地図

用が無いので
ぼんやりみてる
水にへばりつくわずかな緑
茶色の濃淡
激しい崖っぷちなんかあって
その下で寡黙なひとが
暮らしている
鬱蒼とした森の小径
それはみえない
黄昏て

枝々に大小の鳥が
帰ってくる
無事な一日
終わりの賑わい
玉虫が翅を休めている椽
それがみえない
風が吹いてくる
触ったことがないのに
ぷよぷよしたとりとめのない形
気持ちみたいな等圧線
いりくんだ狭いところへ
吹いてくる湿った風
それもみえない
みえない
森の小径をとぼとぼと

曲がって行く
せかいの重大事だとは
知らない
つみあげられた
迷路の重箱の
一番上の蓋をとって
だれかみてる

楽園

ちいさな園はひっそり
お城の石垣に囲まれて
この島国で四番目にできた

ベニーは月の輪
古株で十八年生きのびた
言わずとしれた金太郎の子分
年中真っ黒な毛布ひっかぶり
昼寝してる
決起の命に待機する実直なナショナリスト

アメリカンビーバー
うずたかく積み上げられた枝木のうしろ
昼は姿を見せない
ファミリーの為
夜はダムの建設工夫
流れ断ち切る冷徹なマフィア

ヨザル
園での渾名はアクビー
他者とはちがう物を食べる変態
木の葉　花の蜜　時に昆虫
夜　怪しい奇行
パラグアイの二重スパイ

兎　草食系

幼少より根っからの好色
繁殖能力に富む
行為の他は関心なく
その想像に体を丸めじっとしている
寝不足

ひとの子
徒党美徳を好み
正義嗜好
生き物の渡世
勝手な空想で染めあげる
奇声放つ

総じて
日長く　夜長く

生気澱み
夢見ず
強烈な
体臭放つ
これでもかと
排泄臭まき散らす

先日
個人サポーターに登録
ビーバーの写真入りの丸いバッジ
誇らしげに胸につけ
お揃いの黄色いTシャツ着て
園の清掃に励む
生き物が見ている
己の姿空想するはえも言われず

うすばかげろう

蟻は目ざとくじきに見つける
口にくわえて巣穴の入口まで
するとまた巣穴の入口から出てきて
パンくずまでまっしぐらに進む
最前の蟻と同じ蟻かはわからない
上から見られているとも知らず
単調な仕事を繰り返す
上からじっと見てるのは
どこまで行っても
不可解な砂の地方

自分勝手なジオラマ
隣の庭を知ってるのか
隣の庭にも蟻がいることを知ってるのか
余分なことにとらわれる変な蟻はいないのか
彼は蟻にとらわれる
蟻はパンくずに夢中だ
それにしても、きっと
蟻地獄は呪文を唱える空想家だ
大きくなってある地方では
極楽トンボや神様トンボともいわれるのだが
羽化後二、三週間で
世を去る

睦言

寒風吹キスサブ
頑丈ナ
冷蔵庫ノ中ノ
真ッ暗ナ
小部屋

ベッドダケガ置イテアッテ
知ッテルコトハ
役立タズデ
アッタカナ背中ガ私ノ胸ニ

ヤワラカナオ尻ガ私ノ膝ニ
器用ナ腕ハ切リ落トシテ
耳元ニフリカケル
得体ノ知レナイ
言ノ葉ドモ
ドンナ椅子ガ好キ？
安楽椅子
人間椅子　拘束椅子
ソレトモ
助平椅子
電気椅子

闇ノ中
オマエヲ
天国マデ

誰ガ律儀ニ
ハコンデクレル？

ナイト・ズー

夜になるまで
隠れていましょうよ
檻の陰で
声殺して
けだものくさい息だけ
ハアハアさせて

夜に
起きるすべてみな
月影にまぎれて

足音忍ばせ
目は底光り
夜の澱《おり》
しじまの言の葉
散らかし放題
檻の中やら
檻の外

吠えろ吠えろ
爪たてて
とびかかれ
とおくにちかくに狂気に似た
視えぬものが視え
きこえぬものがきこえてくる

あけはなって
夜の真顔
解禁

遠い腕《かいな》、野っ原で怪物に

夜半
目覚めて
夢の中じゃなく
蒲団の中から
暗い宙に
ぬっと
突きあげる
遠い腕
それは
横の女を抱き寄せるためでも

古い怒りを
思い出したわけでもない
恥ずかしそうに
無用におっ立てた
一物に似てなくもないが
もっと初心《うぶ》で
役立たずで
いつまでたっても
（たぶん死んでそのあともずっと）
世間知らずの
唐変木
居ても居なくても同じ
不在無用の
神様のお客
暖簾に腕押し

わかっちゃいるが
さあなんといおうか
或る日、野っ原ではじめて
知らないご先祖の
早熟な前足二本
唐突にもちあがり
陰湿な地面にバイバイしたら
現つ無し
不埒な怪物に
とっつかまった乗っかられた
怖れなしうっちゃることもできずに
恐々ともう
どうしようもなく
遠い腕
ぶらぶらのまんま

右足前にだしたみたいに
いき場なく
宛てなく
引き返せもしない

芽吹く

口あけて
板にねてると或る日
妻はつぶやく
唇は閉じるためにあると
けれど
唇は開くためにあるのだと
わたしは断固
反対だ

若いころ彼女は

唇は開くためにあると
いったようにおもう
そのころは
なにかのために
あることに
わたしは断固
反対だったが

時は過ぎ
かたちは
記憶にすぎないが
手触りはのこる
未だやわらかい
彼女のうちがわと
わたしのうちがわにも

唇はおもうために在り
唇はおもうために無いのだと
ひわひわと
疑念が芽吹いてくる

フラーのこと

一九二三年頃
ノースカロライナで
一緒に住んでたおんなが嫉妬で
フラーの洗面器にアルカリ液注いだ
彼は失明
以後ブルース唄って生計立てたって
そのおんな
どうしたのかな？
アルカリ液ってどんなの？

小学校にあがった頃
校庭で石鹼の欠片陽に光ってた
近寄ってみると
蟻の死体三匹くっついてた
大急ぎでその欠片うちに持ち帰り洗面所へ
水に溶かした石鹼液、うがいのコップにいれて
無花果の木の下へ
熟れた実が落ちて
あやしい裂け目に
赤蟻何十匹たかってる
躊躇なく
コップのものぶちまけた
動かなくなり
変な模様になった

フラーのこと知ったのは
それから
十年以上たってから
目じゃなく
背中ひりひりしてきて
とおくおんなの内側の
変な模様おもってみた

*ブラインド・ボーイ・フラー　米国サウスカロライナ生まれのブルースシンガー

ごちそう

お父さんになってえ
生垣のすきまから顔だけだして
甘い声で呼びに来るので
おおいそぎで
いそいそと
大きな楠の下に向かう
そこが幻の我家
ふかふかのやわらかい草のベッド
手作りの赤ん坊がすやすやねむっている
すっきりと目を閉じて

やすらかにねむっている
そうなんだ
赤ん坊とはこのように
知らぬ間におそれおおくも
ふたりのそばにねむっているもの
空想みたいにすくすくと
そだつもの
形のいい葉っぱのお皿には
手作りのごちそうが
いい匂いをはなち
目もくらむ湯気をたてて
とめどもなく
あやしい欲望をかきたてに来る

かぶさる

生まれながらに犬は
大の犬嫌い
これみよがしの
毛並の艶
筋肉の躍動
息の匂い
むきだした虚無の牙
垂らした舌に描かれた懐かしい
濡れた鼻のエロス
呪いの唸り声

望みを絶たれた幻想の尻尾をふりながら
すり寄ってくる
社交的で
なれなれしく
そのくせ
類似を憎む
好色な目
息荒く
犬におおいかぶさる
かぶりものの犬
ああ
どうしてこうも
犬の世界が嫌いだろう
犬におおいかぶさる物語のような
荒い息の犬の渡世

どうしたら
抜けられる？
（無理だな、プルート）
犬は
ひとの七、八年を
一年で生きるから
妻がついうとうとした隙に
横で死に絶えたらしい
犬とは知らず死に絶えたらしい
特大の緑のプランターを買ってきて
土かけて埋めたらしい
土になったら
ポパイの腕でオリーブを植えるという
犬はきっぱり死に絶えたらしい

無名

知らない古代植物の
大きな葉っぱの陰から
流れに逆らって川をのぼっていく
無名のひとを盗むようにながめていた
その泳法は子供のころ
夢の中で大人びた
女友達から教わった記憶がある
息のつぎ方
大いなるものに逆らう身のくねらせ方
けだものはすべて生まれながらにして

古い泳法を体で記憶しているのだと
口をとがらせていた
セクシャルで打切棒な存在として
あの古い泳法を思い出しながら
死ぬまでを
偶然に生きるのだ
気味悪い胞子がびっしりはりついた
大きな葉っぱの裏側には
ひとの声に似た
涼しい風が吹き寄せてくる
すると
古い言の葉から順々に
あだっぽいつむじ風に
のみこまれて
虚空に舞いあがってしまう

崖の下

かたくなに親しみを拒絶する
ひんやりとしたコンクリートの崖の高さ
小さなひび割れの筋から
水が染みだして
そのまわりから蔓延る
苔の類
崖に沿って
コンクリートの階段が
のぼっておりる
おりたせまい歩道に

シートを広げ
店を広げている
価格表示はないのだが
流行った時が思い出せない
レコードたち
スカートたち
なにかを口ごもっている
二本弦の切れたギター
(どんな音?・)
小説本のタイトルをせかせかと
欲望背負って横切るはだしの蟻
片方だけの赤い
エナメル靴
(半足いくら?・)
あやうい均衡

需要と供給のストーリー
さまよって、迷いこんで
小銭のみえる縁の欠けたお椀
なんて不自由なお客たち
半裸の店主が
商品説明のごとく
シートの端に
寝転がっている

消費

詩人T氏が亡くなられた日に

妙なところへ迷いこんでしまったので
気晴らしに
花買いに出たところ
いつのまにやらはじまりの
原始の春買いに来てしまった
遠慮がちに
戸口でそのこと告げると
そのひとは不信な顔で
そのようなもの売る世間はあるのかと
急いで話、花に巻きもどすと

そのようなもの買う為に
銭使う宇宙は果たしてあるのかと
穴があったら入りたいとはこのことかと
貧しいひとは
手ぶらで懐かしい家路急ぐも
それならばと
確かめるように
ひどい空腹が襲ってきた
気紛れな
坊主まるもうけ
果てもなく食らうものは買うものであったのかと
売るものであったのかと
しつこく
神妙な顔して
古人に尋ねねばなるまい

そうして
懐かしい戸口では
字引を生理的に誤読したい衝動に駆られるときがある
①金品・時間・労力などを使ってなくすこと
②欲望を充足させる為に財貨を使用し消耗すること
とおくまで彷徨っても
言葉の背中になまめかしい力を感じるのは何故か

梅田

朝日がベッドに横たわっている顔に触れにくると
目蓋の裏に黄と黒の斑の地図がひろがっていく
つま先はだるい欲望うずまく梅田へ
踵は南の海に沿って今しがた顔をしかめて
ベッドから起きあがろうとする母の紀州へ
後ずさっていく
夜から朝へ　己ではない何者かがごそごそと
夜っぴてはたらいているのだな
薄気味悪く
網目のようにひろがっている地下の触手が

ベッドにのびてくる
昨日みたのは幻か現か
地下街の隅々に
薄汚れたパーカーで顔をおおい
意味のとおらぬつぶやきとともに
物乞いする年老いた男たち
なまあったかい泉の広場
だれかに監視されながら
来ない客をいつまでも待っている
年老いた売笑婦たち
地上の高層ビルをまぶしい時空にむかって
のぼっていくことはあるのだろうか
都市というにはほどとおい
湿地帯だったという
梅田

転がるように

いつ
どこだったか
おもいだせない
赤い丸いの転がってきて
ごんご　ごんごってきこえてきたのは
まねてみたのは
いつだったか
ごんご　ごんごって
だれか笑って
だれかテーブルたたいて

手たたいて
転がってきたら
ごんご　ごんごって
かけら
口におしこまれて
いつ？
「ご」が「り」にきこえてきて
りんご　りんごって
おもいだせない
赤い丸い
甘酸っぱいのが
とおい
だれかの声
転がるように
きこえてきて

老いていく

夏の日曜日
早朝　自転車でひとり
少し離れた川を見にいく
遠くに止め
足音をたてないよう川面に近づく
朝日が反射する水面を見た刹那
パシャッと鳴り漣が立つ
きらきら光る
危険を感じ
メダカの群れが一斉に潜った

家に帰り父と母のベッドへ話しにいく
深みには鮠もいるだろうか
日が沈む前釣れるだろうか
二人のまぶしい顔に朝日があたり
母の笑顔がなにか言ったがきこえない
タオルケットの下で
下着もつけずに

三年前つきあってた女の子の
遠くの町の
今も住んでる小さな部屋を
朝早く訪ねる
ネームプレートに朝日があたるドアを
ノックする
ドライブにいかない？

裸にバスローブはおった彼女
まぶしい顔の首を振り
なにか言ったがきこえない
部屋の中を
背中で気にしながら

II

名

ささやかなひとは
なんでもかでも食べて
まじわり続け
子を作るのが
楽しみ
そして
名づけるのが楽しみ
名を伝えるのが楽しみ
あれはクスの木
あなたはヨシオ

あれは犬
これが水というもの
そこにあるのが土
でも名は
記憶にすぎないかもしれないね
(だってすべては懐かしいもの)
世界から遠ざかっていく前に
きっと想いだす
だれかが吐いた
吐息のようにひっそりと
(名もなきものまでは想いはおよばない)
それは
伝えられたささやかなもの
あれがクスの木
あそこにいるのが犬

これは水というもの
ここにいる
わたしはヨシオ

めじろ

遠くから
薔薇の芽ついばみに
やってくる
ほんとは
どこからくるのか
知らない
だから
遠くからなのだろう
枝が
揺れている

薔薇の芽を食いたいという思い
否、衝動はどこからくるのだろう
ベランダの
揺れる薔薇の枝と
ついばむ鳥
珈琲飲みながら
ほんとに見えている
貞久さんの詩と
生駒の山道を
一緒に歩いたことなど思い出していると
目が白く、丸くふちどられていることに
ふってわいたように気づく
瞬時、揺れが強まり
なにかをぱっと放って
とびたつ

近くて
遠い
鳥というもの

＊詩人の貞久秀紀氏

借景

西にひらけた河口と海と
サンセットがみえる
まっかな
観覧車がみえる
息子の住むマンション

バルコニーに出て
妻とみてると
リビングルームで息子のパートナーが
隣家ではよからぬ亀を二匹飼っているという

仕切りの外に首を伸ばして覗いてみれば
ベビーバスに濁った水が少し
背中の斑な大きな亀が確かに二匹
遠い異境で
じっと重なっていた
みたこともない派手な甲羅はあやしく
秘密めいて

そうして帰り
目をとじて
抱きかかえられ
寝静まった宇宙
潮《うしお》満ち
波は寡黙に盛り上がってくる
蠢く夜の甲羅の軋み

まっかな
観覧車から
ガードも甘く
みられている
二匹の
微動

櫓

この地にはじめて
うちを建てるとき
朝早く
大工や左官がくるまえに
父と現場をみにいくのがすきだった
心もとない梯子をのぼる
櫓のような骨組みが
石垣のうえにあったので
二階まであがると
海の方までみはるかす

ひとの気配うすく
あやしい気分にひたれた
ココハイイッタイドコナノカ

十日ぶりの秋雨をみている
雑草の生えた庭を
縁側からながめている
（うしろのベッドで父もみてるとおもう）
黒い庭石は次第に濡れていく
南天の葉が雨滴に揺れて
雫を垂らしている
屋根は未だ
雨を凌いでいる
このうちに二階があることも
石垣のことも忘れている

ココハイッタイドコナノカ
天井たしかめ
遠慮がちにことばをはく
どこか
よそをみてるのかもしれない

音もたてずに

小さな
その家では
障子の内側で
毎夜神様のお客が
音もたてずに
寝てるのだ

日の出
障子が
白みはじめると

そのひとは
ふと
おもいだす
ひとの家では
埃は寝静まった夜に
宿命のごとく
舞い降りてきたことを

そうして
夜は夜に重なって
昼は昼に重なって
だれか
とおくで警報鳴らしてるのに

だあれも訪ねてこない

なあんにも変わらない
手紙もこない
その家にも
日の暮れはいさんで
やってくることを

理由

父の友人が我家にやってくることはほとんどなかった。けれどもタケモトさんのことは覚えている。何回か夜、家にやってきて荒唐無稽な話を身振り手振りを交えていくつかしてくれたからだ。タケモトさんは、父とは役所の同僚だがノイローゼで長く休んでいるとのことだった。それが何かはもちろん知らなかった。いつも古い自慢のコートを着ていて赤いマフラーをしていた。春、随分暖かくなっても着ていたと思う。してくれた話で印象深いものがふたつある。珍しく気分がいいので、久しぶりに出勤しようと玄関を出ると、洪水のようなものが音をたてて押し寄せてきて、再び家に入ったが水は敷居を越えて、水位はどんどん上がってくる。靴も脱がずに奥さんと娘さんを慌てて二階にひきあげて、家族三人ぎりぎり助かったのだが、その日も仕事は休んだという話。いまでも家の壁に水位の跡がついているのに、奥さんも娘さんも信じてくれないとこぼすことしきり。

珍しく気分がいいので、とても寒い冬の日だったが一人で海へ釣りに出かけた。突堤の一番先で竿を出していたら、とんでもない高波がやってきて、あっという間に竿を握ったまま さらわれてしまった。ところが例のコートが空気を孕んで膨らみ、長く海に浮いていることができた。必死にあの赤いマフラーを首からはずして振り続けたので釣り人たちが突堤に引っぱりあげてくれて、ぎりぎりで助かったという話。

秋晴れの日、父は気分転換にと、私と兄を連れてタケモトさんも誘って近くの河へハゼ釣りに行った。朝、タケモトさんの家に行くと、これが例の水の跡だと教えてくれたが、それは壁についたなにかの傷にみえた。ボートの上でひろげたタケモトさんの弁当のご飯がひどく沢庵の黄色に染まっていることに、ぎょっとしたのを覚えている。その後、タケモトさんはご家族と共に何処かへ引っ越されて、職場にも再び戻らなかったという。海での一件のあと、あのコートのファスナーは錆びつかなかったのかききそびれたままだ。父の記憶にタケモトさんはもういないと思う。朴訥とした父がタケモトさんと仲良しだった理由を考えることがある。父の友人といえばタケモトさんだ。

日録

元旦
昼さがり
酔っ払って
コンクリートのほら穴の入口で
あったかそうな真っ黒な毛布かぶって
むこうむきに
誰か寝てるよ
なに言ってるの
あれはベニーちゃん
四歳の月の輪熊

うそだろ
熊はこの時期冬眠のはずさ
姿みせるはずないだろ
なに言ってるの
入口の前の大きなウンコ
四日前からそのまんま
だれもとらないって
ひどすぎる　だって
毎日見に来てるから知ってるの
そうよパパ
エミちゃんママと二時になったら
雨降っても傘さして
絵日記もって
毎日見に来るから知ってるよ
ベニーちゃんは

秋のどんぐり食べない
ひとみたいな熊
金太郎の子分で
そんなのうそって知ってるけど
でもほったらかしで
おなかこわすから
どうぞエサはやらないでって

洒落た親子三人をみた

ババとカシとクヌギと

むきだしの平地に直径五センチ、深さ三センチくらいの穴をそこいらの棒っきれで掘る。中に相手の団栗を入れ、親指と人差し指ではさんだ自分のを思いっきり弾き、相手に体当たりを食わせる。穴から相手のものだけを放り出すと勝ちで、撥ね返されて自分のものだけが放り出されると負け。両方とも穴の外か内のままだと引き分け。これを双方繰り返し団栗を取り合う。

平地で勝負しない日、我々はお城の森へ団栗を拾いに行く。団栗とは総称で、我々が拾うのは三種類。ババ。樫。椽。ババとは土地の俗称で姥目樫のこと。この中で一番えらいのは椽。椽の実こそが本物の団栗だと年長者にきかされたことがある。一番大きくて、お椀のような殻斗に半身を覆われていた。お城の森に椽の木は少なかった。次にえらいのは樫。実は小さいのだが、樫の木は堅くてとても優れた木であるときいていて、実も同様に堅固であると信じられていた。何故か利口者にみえた。これも半身を殻斗に覆われたものが多かった。一番みさげられていたのはバベ。名の響きもよくない。殻斗のついたものは稀で樫よりも大きいのだが、変に細長く、ナガトンなどと嘲られたりした。バベの木はやたら多くて、我家の生垣もバベだった。実はいくらでも拾えた。青大将がよく昼寝していて目が合うと冷たい視線にたじろいだ。そのころ炭の材料としてとても優れた木であることも、その低木がまことに味のある形であることも識らなかった。平地の穴の中で、だれが真の強者であったか記憶になく、橡の木にカブトムシやクワガタがひきつけられるということも随分後になって識った。お城の森の住人、栗鼠たちが最も好んでいたのがなにか、もちろん識らなかった。

ものうり

せみしぐれ
だらだら坂道の中腹に
道端に
ものうりが
ダンボール箱の上に商品をならべている
じゃがいも
革サイフ
子供靴
どうしてまたこんな傾斜に
色眼鏡して

切り株に
たばこくゆらせて
すわってるのか
表情はみえないが
ひとどおり絶えた場所を
あえて選んだように
否、あとかたなく意志を消し去ったように
すべてを売りつくしたといった風情で
静かにすわってるのか

節句に

空に
隣家の
まあたらしい鯉が
気持ちよさそうだ
（老人ホームの父のことをおもっている）
ひとは言わないけれど
ふいに
放浪したくなる
（実際行動にうつすひとは少ないけど）
小さい時

父が急に狭い庭にひとりで池をつくり
たくさんの金魚や鮒を泳がせた
（あの時がそうだったのでは）
朝早く父はひとりで
糸みみずやパンくずを
池に放っていた
多くの中の一匹
いつも白と赤の斑で太い奴が
他を蹴散らして我先にと
食い荒らしていたことを鮮明に覚えている
争いごとの嫌いな父がその魚のことを
何度か話していた
（食欲や性欲は魚だ）
なにかとはぐれてしまった時
一段とあだっぽく、 ゆうゆうと

世間を遊泳している様をみる
父の放浪をおもっていたのだが
あの魚のことを不思議ないらだちとともに私も
話さずにはおれないのだ

魴《ほう》鮄《ぼう》

自慢の胸鰭を
脚のように動かして
海底を方々ほっつき歩く
まだらな赤
頭の骨板は兜のようにいかつく
尖った鼻の下に大きな口がかっと開く
鬼のような形相の高級魚
似たやつにカナガシラ
雑賀崎の漁師が獲ったのを
一匹分けてもらう

煮付けて
尾頭付きを
九十三になった父の前に
ドエライ奴ヤナ
箸で頭をこつんとやってから
からかうように身をせせる
白身ノ魚ハ分限者ノ食ウモンヤ
若い頃から
鰯や鯖を好んだ
そういえば
遠く
朝鮮半島で父が生まれた頃
アメリカではもう
無賃乗車の貨物列車で
アメリカ中ほっつき歩いていた

ホーボーたち
父は知ってるだろうか

＊ホーボー（hobo）の語源説の一つに十九世紀末から二十世紀初頭にかけ多くの日本人がアメリカに移住し、鉄道建設労働者となった人々が方々に行くという意味でこの言葉を使い始めたのがアメリカに広まったという俗説もある。

オープン・ザ・ドア

小さい家にみんなで住んでた。ある晩、父と母がなにかの用で夕刻に出かけてしまった。誰かが来ても決してドアはあけないように。心細かったが、兄と姉はまったく平気のようにみえた。兄と姉は、六つ年上だった。どうして同じ年なのか不思議に思わなかった。すっかり暗くなり夜も更けた頃、誰かが玄関のドアをノックした。みんな黙って顔を見合わせていた。再びドアを二度、三度ノックし、がたがたとノブを引いたり押したりした。三人で息を飲んでじっとしていた。裏へまわってみろ。太く低い男の声がした。姉がわたしたちのいた居間の電気を素早く消して、奥の小さな部屋へいこうと小さな声でいった。わたしの手を引っぱり、兄も続いて移動した。居間は小さな庭に面していた。ガラスの引き戸がありカーテンがかかっていた。複数の乱暴な足音がした。ガラスの引き戸ががたがた鳴った。こっちも閉まってるぞ。さっきとはちがう男の声がした。奥の小さな部屋の電灯に兄は着ていたセーターをまきつけ、ベルトでしばった。電灯の真下だけがぼぉーと明るくて、とんでもなく心細かったが我慢した。もっと奥にもっと小さな部屋があればと思った。兄がほんの少し襖をあけて居間の方を覗いた。タバコ吸ってるぞ。その声が震えているようにきこえた。

わたしの記憶はそこまでだ。それから一年か二年して姉は出ていった。その頃にわたしはぼぉーと、大人たちになにかむつかしい事情があることをそれとなく感じた。また何年かたち兄も家を出ていった。その後、姉も兄も戻ってきたり、また出ていったりしたが三人一緒に住むことはなかった。説明のつかない事情と事の成り行きというものはあるものだ。

母が亡くなり、兄と三十年ぶりに会った。姉もいた。三人顔を合わせたのはたぶん四十年ぶりくらいだろうか。しかし、あの夜のことは話さなかった。何故隠れていたのか。あの声の太い男たちはいったい誰だったのだろうかと。

凪ぐ

こんなに凪いで
どうしたの
冬
の
海
の
くせに
渚のきわ
陸《おか》のへりを
電車が

走る
どこへ
いく
どちらへ
かえる
沖に
止まってみえる
船にのっているひとの
正しい目
とおり過ぎる車窓の
うつろな目
風雨なし
晴天なれど
暮れてゆく
こんなに凪いで

海のやつ
なんだ
抒情ぎらいの
しょっぱい水よ

隠語

夜のニュース番組で
饒舌な太陽学者がわれらは
新たな氷河時代の
とばくちにいるという
わたしの行ったことのないマンハッタンも
また氷に閉ざされるかもしれない
陽のうつろいで
七十億人分の食事は賄えず
穏やかな方法で
口を減らさねば

人の類は滅びると
でも
とばくちって
専門用語を操る舌のごとく
卑猥だな
遠くネアンデルタールの
穏やかな方法と
暖かな地への旅立ち
今立ってる
とばくちという穏やかで
赤裸々な場所
むかし
嗅ぎつける鼻が口の上に
ウォール街にも娼婦はいるらしいが
最も古くシンプルな商いも

来ない客を待ちながら隠語のように
凍ってしまう
退屈な留守番してたら
顔赤らめながら
避妊具売りにきた
若い女の秘密めいた
黒い大きな鞄の呼吸してるような
ファスナーの口
ホモサピエンスの
穏やかな方法って？
鼻と口と舌
われらは親しく遠い

エルボードロップ

ひとの話がよおくきけないのだ。大きくなってもひとの説教や説明は少しも内側に入ってこない。内心頭が悪いのかと恐れていた。学校にあがってからも教師になにか教わった記憶がない。教師というひとと親しくなったこともない。

小学校を卒業した年の夏休みに悪餓鬼三人が何故だか、一人が担任だった教師のうちを知ってると言い出し、遠くまで歩いて行った。表札をみてその家に入ると、土間に大きな旧式のパーマの機器が三台並んでいた。土間をあがった部屋が広かった。夏なのに淡いブルーのカーペットが畳の上に敷かれていた。話もないので三人で取っ組み合いのプロレスごっこになった。そのひとはレフリーをするでもなく何も言わずにただにこにこながめて座っていた。いつのまにか上等の寿司を三人前頼んでいた。ひどく空腹だったので部屋の隅で小さくなって一人平らげた。あとの二人はまだ悪役プロレスラーになりきっていて、そのうち敏夫のエルボードロップが義人の鼻に炸裂した。きれいなカーペットに大量の血が噴き出した。そのひとは急いで雑巾をもってきてごしごしやっていた。後頭部をこんこんやってもらってようやく鼻血が止まり二人も寿司を食べ始めた。もう食べ終わってすることがないので、土間のパーマの機器をぼんやりながめていた。髪結ノ亭主ノクセニ教師シテヤガル。学校できいたことのない乱暴で投げ遣りで、どこか寂しいボソッとした口調。日頃正統派のレスラーが凄味のある不思議な反則技。こんがらがった喩えがほの暗い。四十数年すぎて、そのひとがもういなくなってもその口調が残っている。なにか教わった記憶はまるでない。

サイレント

からだいうのんは
こころとちごて
そん時
気づかんくらい
もってまわった遠いことすんのが
好きやったんやな
なんでて
あんな恥ずかし
いやらし
人前ではでけへん

顔もほてること
わざとらし声だして
こっそりすんのか
せなあかんのか
露ほどにも
しらなんだ
みな大根役者の即興や
本には書いてへんのや
なりゆきまかせや
結局
しんどいことなんか
したない楽したい
じいーと見てたい
気色ええことだけして
色んなこと

どないかこないか
やり過ごして
そんでそんで
ずうーと
歳いってしもうて
動けんようなって
なんもでけんようなって
じいーと見てるだけになって
喋らんようなって
科白ものうなってもて
頭ん上で生きて
はたで
衣装や食うもんやなんやかや
世話やく人でけて
（ずっとずっと前、あん時つくったんやが）

楽やな
おもて
楽ノ上ニハナンニモナイノデアロウカ*
いう詩句想い出してちょっと
さみしなって
ほたら昔のばったもんのサイレントみたいに
快楽いうこさえもん
あん時のベッドに
枯葉んなって舞い降りてきて
幕おろす前に
からだ
遠ざかっていく前に
いまごろんなって
名優みたいに
ちょっとうつむいて

（わからんくらいに）
赤面するんや
年寄りみな
役者やろ

＊山之口貘の詩「座蒲団」より

ぎりぎり

そのひとは
忘れてしまった
そこが
どこだか
誰だか
会ったか別れたかすれちがったか
食うたか飲んだか
交わったか偽ったか
異性や同性
縁というもの
からだ動かす理由　意味無意味　言い訳

説明　物言い
名前　動物や静物の
伝えることども　残したもの
気持ちというもの情というもの

住所や住居
はんぶこっちに
おませんな
どっか行ってらっしゃる
ぎょうさん
荷物置いて　居留守して
そう誰も知らん洒落た
おもろいとこへ
ぎりぎり
辿りつかはった

あとがき

　目で見たものや実感した（はず）のものは日常の言葉に置き換えるとどうもわざとらしく、ぎこちなくなるのはどうしてだろう。置き換え作業はどこかいかがわしい操作のようだ。そうではなく、稀に自らの内側で日常の感覚とは離れて、ほんの微かに言葉に似た産まれたてのものが忘れかけた遠い体感としてもぞもぞし始めるときがある。それは、いつもどきどき、はらはらさせられ経験値や常識や賢しら口がまるで役立たずで無視される。それにその作動装置の秘密は永く隠されたままだ。見える世間を我が物顔で行き交う言い訳がましい物言いに、それらをできるだけ紛れ込ませたいと思う。危ういなにものかを編みあげていきたい。

初出一覧

うなすな　「ぶーわー」二十六号、二〇一一年五月
丘　「Kototoi」四号、二〇一二年十一月
地図　「ぶーわー」二十九号、二〇一二年九月
楽園　「別冊・詩の発見」十三号、二〇一三年三月
睦言　「びーぐる」十五号、二〇一二年四月
フラーのこと　「別冊・詩の発見」十二号、二〇一二年三月
無名　「現代詩手帖」二〇一一年四月号
崖の下　「ぶーわー」二十七号、二〇一一年十月
消費　「ぶーわー」三十二号、二〇一四年三月

梅田　「ぶーわー」二十四号、二〇一〇年六月
名　「西へ。」十九号、二〇一一年三月
借景　「ぶーわー」三十号、二〇一三年三月
日録　「ぶーわー」二十八号、二〇一二年三月
ものうり　「現代詩手帖」二〇一一年四月号
凪ぐ　「現代詩手帖」二〇一一年四月号
エルボードロップ　「ぶーわー」三十一号、二〇一三年九月

その他は、書き下ろし

近藤久也
一九五六年和歌山市生まれ
既刊詩集
『生き物屋』（一九八五年、竹林館）
『顎のぶつぶつ』（一九九五年、詩学社）
『冬の公園でベンチに寝転んでいると』（二〇〇二年、思潮社）
『伝言』（二〇〇六年、思潮社）
『夜の言の葉』（二〇一〇年、思潮社）

オープン・ザ・ドア

著者
近藤《こんどう》久也《ひさや》
発行者
小田久郎
発行所
株式会社思潮社
〒一六二―〇八四二　東京都新宿区市谷砂土原町三―十五
電話〇三（三二六七）八一五三（営業）・八一四一（編集）
FAX〇三（三二六七）八一四二
印刷所
創栄図書印刷株式会社
製本所
誠製本株式会社
発行日
二〇一四年九月十日